菊は雪

佐藤文香

左右社

菊は雪

みづうみの氷るすべてがそのからだ

目次

2016-2017

2018

2019

2021

雫

Ｗｉ-Ｆｉをかよひ蠟梅めける声

書きて折りて鶴の腑として渡したし

梅が枝にあらすぢの恋巻き足さむ

不器男忌の身にあなたとは闇なるを

手鏡や花に発作の咳二三

玉なせる思惟を鳴らせば山桜

白菜の芯立ち上がり咲きにけり

2015

鰺

山吹や鳥の胸毛のやはらかく

麦の秋川のはじめを近く見て

雨は葉に落ちて繋がる夏はすぐに

葉桜の枝や水面を破り伸ぶ

石楠花のくれなゐを経し光かな

人差指に塩の立体夏来る

香水の水面の狭く並びけり

てのひらに馬あたたかし朴若葉

雪渓やタオルケットを馬に掛け

夕立よ山は木に選ばれてゐる

練乳の糸引く指の祭かな

鰺もらひに立つ獺の毛の流れ

秋近し声はあぶくとして伝はる

桃の葉の裏へ這ひ入る星あかり

牛呼んでこちらを向かすうろこ雲

辿り着く何処かや金木犀の香や

雁渡びんと背伸びのふくらはぎ

跳び終へたる脚を集めて蟋蟀の胸

目薬や山国に秋ゆきわたる

手の餌に鳥をかよはせ秋の山

夕野分こころ拾つてゆきにけり

ゆく秋の涙に堪へて下睫毛

うすく寒く星は瞳と遠くにあり

川底の平らに夜のしぐれけり

一茶忌の朝日の橋を渡る鳩

短日の港や波を片付けて

舫ふなり光に傷む冬波に

夜の雲落葉拾ふに引き返す

靴べらに映つてゐたる冬の部屋

妹よストーブに火の出来上がる

ふくらむ鳩アコーディオンの襞に塵

さうやつて淑気を泳ぐやうに来る

春や日本を鶴の喉《のみど》の皮の黒

硝子器に馬酔木したたる朝かな

飛花またはを光のがれ来し光

三叉路や犬に嗅がるる豆の花

風船に角なき息のめぐりける

雨粒や藤の季節の藤棚の

飛ぶ鷺の広さの白を夏景色

夏の末裔

葉桜の雨の車道を満たす灯の
胸に得て百合の雌蕊のねばりかな
間奏や夏をやしなふ左心房
業平忌ベルトの裏の毛羽立てる
小旅行裸は水音に慣れて

冷房や唾液をはじく耳朶の産毛

爪ぬちに肉は生《マ》なり螢の夜

川幅に水面あてがふ夏の舟

書けば手紙　枇杷の葉に粉となる光

夏草に泡立つ心づもりなど

松

池にほぐるる初秋の雲かさざなみか

豆科の蔓の巻き込む秋の新芽かな

風多少茸のふちを蟻が這ふ

水中の水の手ざはり桔梗切る

精霊蜻蛉左に次の夢あらはる

心音や月のまはりの雲の皺

まつぼくり言葉は父をおぎなひぬ

晴れて夜の餡に茸はとろけあふ
木犀やくづれてぜんぶ君の本
部屋の菊可憐に見えず捨てにけり
立ちて吐く煙の空になる冬が

凩をひとつの部屋にまはすなり

松に冬の鴉はくちばしを拭ふ

この道や昔の方へ白鼻芯

愛日やつくり込まれて虎の森

金屏風あぶらのごとく雲ながれ

石蕗の花機械動けばその音の

言へばいいことの氷つてゆくことの

葉牡丹に霜のまたたき水たばこ

肩こり

四十分くらゐの昼寝モロヘイヤ

冷し瓜休んでゐるとわかるやうに

夕焼やこほつてゐたるめじまぐろ

秋らしい雨や毛虫に乗る毛虫

以前あてたるパーマを活かす野分かな

つけ麺屋の煮干袋や秋の風

天高し口を満たせる豆サラダ

海老味噌のあをさよ月の満ち欠けよ

パクチーや星を礫として見たい

雪雲のよどみに山の電話あり

スキー

雪山の杉のむかうの雪雲の
多角形的にスキーの靴があり
雪へ君は犬のごとくによく笑ふ

雪一面すすまぬ青はスキー我

ゆる坂をころぶにねぢれスキー我

高く遠くリフトが運ぶスキーの脚

我を追ひ越しスキー・スノボはそこに消ゆ

滑らねばロッヂへ着けぬどこまで雪

曲がれず君を巻き込み転ぶスキー我

行けると笑ふ君のスキーのうしろすべり

見えてゐる平らな雪に君を待たす

肉塊として起き上がるスキー我
雪の斜面に我がじぐざぐをイメージす
少し滑れて雪は素晴らしいとつよく思ふ
君がゐてスキーができてゐたるかな

銀やんま　夜を引用RT

鴨

五月雨にひとりは子供だつたこと
ボーダーのシャツ十薬の庭に干す
逢ひにゆく夏の鯛焼たべながら

愛欲や近景としてボートレース
海の家曲がらないストローの束
ピクルスや手首に冷房の風が
自転車は蟬の羽音を立てて去る

個人タクシー犬と婦人を秋へ降ろす

さうして鯛　君はバスを逃し続ける

秋の風なつのこころのさかなゐる

鴨ひとつ水餃子めく秋の暮

身にしみて風景が面倒になる

スピーカーフォン台風のあとの虹

ひつぢ田にずぼらな夜がおりてくる

洋梨を剝く手が洋梨とまざる

森をやりすごしてかなり冬らしく

レースカーテン石鹼は兎の仲間

鴨が目をひらく白くて甘いパン

学校や冬がおほきな膜となる

白鳥や胸にさすペン二本になる

椅子にかける上着やミラノサンドA

眩しさの雪を時間に置き換へる

インバネス時間はいくらでもあるから

いい季節

風船や楡を眠りの枝として

やぶるやうに草餅分けこの星の日々

パンケーキに蜂蜜が描く冷夏の馬

前髪が巻いてきいろいゆふやけよ

うるほへる下くちびるとアニメの火

流星や永遠や杉苔ひらく
一連の月の動きやかものはし
いい季節ももんがの尾がおもたくて
眼力でつくる星座や牡蠣フライ
雪降ればいいのに帰るまでに今

2016－2017

ひとこゑに

寒雷や波のをはりは波頭

矢は色を逃れ飛ぶなり冬の山

切株へ散る山茶花や去年今年

朔風や枝の疎密を均すかに

一日を疎水のとほる歯朶の裏

春の月双葉のかたくしをれたる

梅の葉につかまり蜂の尻垂るる

岸までを夜空の満たす朧かな

雲うすくのびてわかるる木の芽風

湯沸かせば湯に香りある鰆かな

つき指の痛みのとほる夜の桜

遠霞口のかたちに声が出て

線を引きそれを弧といふ鳥の恋

鳥の巣や触れて大樹のなまぬるさ

ひかがみのすでに明るく夏帽子

ひところゑに葵の皺のなびきけり

目の端をゆく雲のあり杜若

雨雲をつとに寒がる山法師

夏祭首を傾げて木をよけて

船遊よどみに泡の惹かれ合ふ

葭切や傘の絵柄を巻き尽くし

鈴振れば鈴をとほるや夏の風

蜘蛛の囲をつらぬく枝の湿りかな

てのひらや噴水に雨降りつづく

悼　澤田和弥さん

夏服に透くる緑や詩について

遠浅の甘みにまざる子供かな

絵のそとはうちの中なり月の旬

花のなき茎を手折りてしあはせに

縫代のなき服を手に秋は日々

犬やはり息に寄り来て笹の露

地に方位描かれてゐる林檎園

鳥やすむ近くの霧のうはずみの
つまさきかかと霧の尾を踏み尽くす
ひとつある夕日を冷やす地平かな
上着借りてまばらに白く曇りたる

夜警我ら音を南へ運ぶなり

夜の奥へ星の乱れてはりつきぬ

荒星の赤きをこゑは伝へけり

舌下より涎生まるる冬銀河

目のうちに念のかがやく雪野原

水鳥よまなざしに手を添へてやる

すこし降る雨がダリアの枯れに遭ふ

切株を愛する木々や息白し

枯草の隙間を細く氷りけり

海の肌理

葉桜や内耳に交ざる鳥の声

地図に星が示すゆきさき額の花

先に着き遠くの椎の花匂ふ

滑走路海に途切れて海の肌理

蛾の仲間天に仕草を見せ合へり

蚊やり水のグラスに布の柄ゆがむ

光るもの抜けば金髪バルコニー

くもり日の黄につぼみたる葉のはじめ

葉脈のわかれつくして氷雨かな

ひと夏のゆくへの虹を撫で消しぬ

火

砂糖の木傷つけて日の肌触り
大学のなき町に来て虹を見し
虹は水また八分の六拍子

ふたりゐて姉は我なる夏野かな

昨日とは別なをどりを見せたがる

夕焼や須磨大丸で眼鏡は直る

私より皆が疲れて雨の夏

物入れてのびるポケット小鳥と火

おりいぶのつやになみだのいちづなる

パターンで書ける俳句や敗戦日

絵心よこんにちのカレーの名店よ

木の金柑学生みんなここで降りる

クリスマス紙のヨットが手に馴染む

冬 銀 河 タ レ 外 周 に 浮 く 油

びゆうプラザ前カタログの中の雪

生き物に逢ひたく思ふ雪の丘
ここであける手紙に雪がふれにくる
これが淑気しあはせなどを書きはしない
竜の玉　手をつなぎひそやかにいそぐ

家族で見る二月のアスパラガス畑

梅咲いて船着いて何かを下ろす

水際へ降りる木の鳥世の桜

結婚式灰降る街の降らぬ日の

常緑樹の林

マルセイバターサンド常緑樹の林

宅配が来て廊下の絵絵の港

窗なきロケット至近の星をモニターに

PL顆粒梅雨あをぞらの響みける

梧桐や雲の集ひは空を名付け

海豚飛び交ひ血球に愛満つるなり

輪郭の鷹を持ち込み景は夏

汝が息のほとりを夏の往き交ひぬ

夏至一日炎のうちに絡まる火

日のまへに風ほろびけり瑠璃蜥蜴

総国《ふさのくに》

ゆまりしてあかざは指に挟む花
幾山河透かして蟬の羽乾く
あさがほのたゝみ皺はも潦

きゅんとして音楽に酔ふ音の玉

月かげのもつれて淡し雁擬

新走軟口蓋をよぎりけり

串持てばあぶら滴る葱間かな

日輪に縮むうつゝや初筑波

風上のひろやかなるも柏町

まんぢゆうや水戸街道を休みつゝ

手賀沼の光とほのく卍かな

相合うて十三月の河川敷

春風や手鏡ごとの鼻の穴

目に見ゆる考へ杉の花粉かな

つちくれを流るゝ水や手に手旗

紫の花　夏　で知るまでの花

学園東町

私は生まれてこのかた文香という名前だ。神戸の西の方の新興住宅地で育った。おなじマンションに同級生が十人以上住んでおり、皆おなじ幼稚園からおなじ小学校に入学した。とくに仲が良かったのは二階の里佳子ちゃんと三階の英里子ちゃんと七階の美知子ちゃんで、それぞれをりかちゃん、えっちゃん、みっちゃんと呼んでいた。

こっから地下鉄見えるツツジの花すっぽ

私ははじめ、あやかちゃんだったはずだ。少なくとも幼稚園のときはあやかちゃんだった。しかし小学校に入ったら、知らない子たちから「さとうさん」と呼ばれるようになってしまった。これではいけないと思った。

アベリア来とうわさっきのアレ緑の蜂

四歳下の妹の名前は夏生、なつおである。妹のニックネームはなっちんで、友達だけでなく親からも親戚からもなっちんと呼ばれた。一方私は親にはあやかと、親戚にはあやかちゃんと呼ばれた。なつおにとって「お」は強すぎるが、あやかにとっては「か」が大切なのだろうと感じた。

トケーソー知っとうし触ったあかんとかゆわれてへん

私は自分にもニックネームがあるべきだと思った。それはかっこいいものであるべきだと思った。私はある日自分のニックネームを「アッカー」と決定し、「今日からアッカーって呼んで」と言ってまわった。書くときはかっこよく片仮名表記にした。りかちゃんもえっちゃんもみっちゃんもアッカーと呼んでくれるようになったが、あまり仲良くない子たちは相変わらず私をさとうさんと呼んだ。

光る虫　光るんやめたんか消えたか

かっこいいのと面白いのが素晴らしいことだと思っていた。休み時間は男子とメンコをした。スカートは頑なに穿かず、音楽会のときでさえキュロットだった。「気球にのってどこまでも」の合奏では大太鼓をやった。

先生暑《あつ》。もう言えますアコー郡イボ郡

女子サッカーチームに入っていた私は、小学校二年生からすでに眼鏡をかけており、ヘディングのたびに眼鏡を破損させるなどお世辞にも上手とは言えなかったが、真面目に通ったので五年生のときにはAチームの補欠になれた。

レガースめちゃくそ臭いこれ汗だけとちゃうんちゃう

同学年でうまかったのはターコとユミだ。アッコちゃんも小柄だがうまかった。うちの学校からAチームに入ったのは私のほかに陽子ちゃんと敬子ちゃんがいて、よーちゃんとけーちゃんと呼ばれていた。私は下手だったからだろう、先輩にも、ターコとユミにも「さとう」と呼び捨てにされた。一度試合でヘディングがうまくいったあと、もう一度ヘディングをしたら失敗し、ターコに「さとう調子のんな」と言われた。

バリおもろいメリやばいメリって何なん寒《さぶ》

スイミングにも通っていた。真面目に通ったので上級者レーンで泳げるコースに入れたが、ここでもそのグループでは一番泳ぐのが遅く、最も速い人には毎度二周抜かしにされた。一歳上のタケマールも一緒のコースだった。彼女は女子サッカーでも一緒の竹中さんで、シジマールにちなんでタケマールと呼ばれていた。私のことはさとうと呼んだがバカにしたりしなかった。一度「タケマールって呼ぶなや」と言われたが、懲りずにタケマールと呼んでいた。私はタケマールになりたかった。

昨日帰りしアケドがえみちゃんに告ってんて寒《さぶ》

小学校六年生になるときに愛媛県松山市に引っ越した。制服のある小学校に転校したので、スカートにベレー帽で学校に通うことになった。転校生代表で挨拶をし、教室に入ったら、初対面の女の子に「あやちゃん」と呼ばれた。

桜の木　もうおらへんドムドムの象

メロディー

言葉図鑑に走る少女は動詞として
白蟻は曖昧なメロディーだから
博士より眠い鼠やゼラニウム
文脈にたぢろぐ魚や夏の雨
やで切つてやで切つて気のあふ仲間

雨の字のなかに風ある通草かな
まつり縫ひこの夏秋はあかんとて
松葉松脂すぺしやるな海を出て
雁渡るモルタル壁の理髪店
あのときの君かもめにもめた視点

2
0
1
8

犬

いかすみがいかのすべてで星の朝

梅が枝に未だの春とお洒落な犬

ドット絵のおすしのうるむ日永かな

だるい春なり魚屋の貝たちの
珈琲が元気をくれる春テニス
手賀沼に初夏のおやつの個包装
梅雨そろそろ眼科のあとの苦い涙

猫を抱く犬のやさしさ梅雨の月

散歩する犬を団扇で扇ぎつつ

犬たちも手前の雲に気づきけり

ラインオンズマンション蟬がまた始まる

特急に夏の一級河川かな

ともだちのゐないたうもろこしごはん

えらい人すてきに見えて蕎麦の花

夜の萩にコインパーキングの広さ

歯朶に掌を当てて鶺が過ぎ

秋が来てまだ秋でたいせつな蛇

豊年のジャージ上下を乾かしぬ

鯖雲に理想の涙袋かな

手の熱で曲がるスプーン流れ星

蓑虫の垂れてや汝の伊達眼鏡

葛の葉を分けて桐生の狸かな

天の高さに納得の一儒艮《ジュゴン》

蛸柄のネクタイに月上がりけり

ボス猿の尻のあかさよ翁の忌

枯芭蕉かんかくによい風が吹く

大根の組織へ出汁の分け入りぬ

冬日さす絵手紙展のポスターに

温室に君は買ひたくて見る花

鎌倉や雪のつもりの雨が降る

雪のお昼のオクラを縦に切り申す

Melbourne & Sydney

深夜の果実赤道に上空がある

聖堂へ日差が色になりにくる

秋風といふを五月の梢より

黄金週間ひとへに菓子を飾る菓子

金髪半袖S字フックにフエ*を吊る

*フエ　スペインの白カビサラミ

風を射る兎角聡明な心理もて
相見えすは素早さのかものはし
子守熊《コアラ》抱くべからず抱かぬ人の群
夕方になる鰐のあと旗を見て
ラウンドアバウト菩提子へ枯れ得ぬ光

雪月花

きつね園きつねのなみだこぼれけり

サキソフォン眠い季節の弱い花

香水や町の林はかしこげに

葉は青葉水のおもては日に踊り

雪月花夏のかもめは夏の白

運河きらめき話者として虹は立つ
蟬食べて火星とほかの星の空
まちづくり杏がどこにでも届く
月の島ライムの花がまた咲いて
望月にお伽噺の毛ものたち

喉

洗顔は乳化の春の来りけり

自転車の交はす明るさ薔薇の町

薔薇に紫陽花君を手伝ひにゆく歩いて

かしはばあぢさゐ祈りは喉をのぼりくる

脚長く太くブラシの木の下を

花椒や梅雨のあひだの誕生日

夏鴉胸をやすめて新聞社

地球の夏幼き波に浜は透け

晴天の小雨を舐むる風も夏

面影のくづれて夏の鱈子かな

八月を照らされて照る星の肌

峰雲のなかの氷の九月かな

秋のこゑ葉がちの天へ手を振りぬ

シャンパンや雲のはやさに月は慣れ

白孔雀食堂この秋は続く

2019

街

裏白や棕櫚の箒を売るカフェの

松過のながら歩きの放つ光

春は銀河へ我がMarunouchi Subway Line

ひらめきの若葉暮しを重ねけり

明るさに別れて虫が目に入る

時の日の水色のランドセルの子

川柳と小手鞠の葉の弾く雨

ブラインドサッカー虹のやうな夏

夏蜜柑を通貨に替へて夜風の街

半袖と店の地球儀のイタリア

夏終はる月刊たくさんのふしぎ

夏に通つた道だ座れば雀来て

秋まつり紐のないイヤフォンで行く

秋の木々を君のＭａｃのブラウザで

君は君が好きさ随分と流れる星

コースロープに切られ映りの二十日月

パレードに運河は応へ秋深む

都会に近い林から来る類の冬

二等船室　字の鳥が字の冬空を

花柊夜を振り絞ってどこへ
火は消えるとき火の声の冬の園

余花の蕊日差の群のよぎるなり
空を経て松へ目白や目白はまた
松の五月はくちづけて飴をやる
ら抜きことばを夏めくに甘んじて
結膜にみづのしわざのうゐるす来

うゐるす来

藻の花のぷらちないろの咲き絡む
斑猫のみどりのかほの照りてあり
愛のこと緑雨にうるむ梢かな
祝日の暑さや枝をこぼす木々
あをぞらに星つどひけり鳩麦茶

友達のごとしよ海苔の天麩羅は

夜を照る春の枯木や昭和島

花咲きつ散りつ刺身に冷ゆる舌

こゑに意味ついてくるなり雲丹ごはん

みどりの日襟立ててうすびかる窓

紫陽花や夢は奥歯を溶かすかに

雨にまどろみまたもアジアの薄いビール

部屋から見える雨とオイルで焼くバナナ

天幕生活二日目声でするじゃんけん

おほばこを踏みて林を鳴らしけり

猿

春来にけらし飲みもののやうな猿

雨降つてきたな浅蜊にナンプラー

篦鷺や林に飼はれたまに飛ぶ

土用とや推《シ》のゐがほのスクショをまた

閣議決定されゆく日本語すべての意味

一生分待つぜBERGに黒ビール

思ひ出の全貌だしを吸ふ茄子

大暑かつて鶴橋駅にうどん・そば

雪渓や副流煙を吸ひたがる

よその家に育つ小さなゴーヤかな

生身魂カッペリーニを愛すなり

荻や萩玉なる月を見てをれば

洋梨と窒素ふれ合ひゐたりけり

冬瓜はかはらず雪の味がする

菊花展覧会受賞者の二人かな

冬釣れる烏賊昼は気が散つてゐる

冬の釣堀をぢさんといつものからす

年の内の雪の平たさ松葉杖

雪の都電の雪印乳業の人たち

トリビュート創作　川上未映子『おめかしの引力』

伊勢丹奇譚

玻璃毎の冬のそぶりを愛《かな》しめる

タクシーに雪たましひに要る金剛石《ダイヤ》

春雨や透けふくらみてみえ子が袖

高踵靴《ハイヒール》てふ赤き傾斜を装着せよ

また来たんかと、夏、伊勢丹に思はれたり

八月

三階のすすきの奥にスエターあり

秋草の香の屋上に㊉ふくよか

三連プリン

定休日・かもめ・結んで切るリボン

山眠る三連プリン三人で

初冬のぼくら楽しい仕事仲間

好きな淋しさ鶺鴒は頷きながら

十四時台に来る夕方や落葉樹

黙読は眼窩に響き冬の空

今週の今日のいてふの降りかさなる

リフティング落葉に次の落葉くる

雪の鳥たちはとまつて木の高さ

木を過ぎて木々と出会ひぬずつと雪

菊は雪Ⅰ

枯芝や名演を別々に見て

鳥声に蠟梅の香の至りけり

貶し舐め合ふ薔薇の実の二月かな

旅空のごとく明るく梅の庭

料峭に借りれば夜空柄の傘

啓蟄の窓は夜空を繰り返し

春雨や肌は鋏に映りてゐ

梨の花描くにまづは葉の朱を

眉に塗る焦茶あさはか鳥曇

夕東風に握りやすきはこけしの木

月へちるさくらを知恵として見たり

草餅や湖面をぽくと雲のかげ

元代々木れもんは春の実をつけよ

やみて降る雨ばらの芽に訃の届く

雨に黄を見せて蕾は薔薇となる

傘越しに薔薇の重さを慮る
蔓薔薇に巣箱ふたつの朽ちつつあり
鳥のいちにち菩提樹のはだへの斑
武蔵野欅春から夏へ落葉して

滴りの落ちては水の幅をなす

真鶴岬までの朝日は夏の波

さみどりと言ひて忘るる鰍かな

天蛾《スズメガ》のをさなや太く歩み来ぬ

爽籟や巻貝の身に心あり

豊年の炎に雫照らされたり

髪切つて髪のおほさや渡り鳥

香水瓶の菊は雪岱菊の頃

流星やパエリヤ鍋を刮げ合ひ

ながき夜の浅さを見附にて別る

月明に脱ぎ中敷の厚き靴

片恋に脳の凝るなり芋の露

藪巻を経て角膜に馴染む声
寒鯉の口へ天日の屑またも
まなざしのふやけて絡む枇杷の花
水は歯を街と思ひぬ落葉期

山茶花へ古参の鴨とおぼしきが

真菰枯れ折れたり沖は日の塒《ねぐら》

岩塩挽く真鱈白子の洋天に

くれなゐのとがりは肉の北寄貝

雪晴の虹の切身を所望せり

目に星と判るきらりの凍て尽す

色色を港と括り雲の凍つ

巡視船みぞれに芯のなかりけり

追憶のそぶりを見せず霧氷林

月南極の氷すべてをわれに呉れよ

2020

水

初冬の翻車魚《マンボウ》同士に友情なし
鱏かはゆしその裏面に餌をもらふ
アヲウミウシこの町の少年少女

昼寒し水族館へ自然光

十二月波をつくりに海は来る

まばたきに睫毛は遅れ雪の丘

雪少しわたくしはかしこくて暇

初空に借家の陶器瓦かな

凡て雉鳩日割の春をはじめから

ちぎりパン咲いた梅咲いてゐる梅

仏前にカステラがありあたたかさう

春の横浜猿もゐる部屋の写真

脱税や天井ごとに屋根がある

土地勘でデートができる木瓜の旬

寒くなさ駱駝の柄の服を着て

木蓮や歯磨きをしてもらふ馬

はこべらや仔山羊に海が見えてゐる

のどかあたたかうららかひながかへるつて

まぬるねこすなねこ夏の飲める水

この汽車の速さやポプラアレルギー
メーデーを光あかるくふるまふよ
果物で痩せて日差が期待通り
Call it a day クーラーながら窓開けて

金星や南国の木が墓地の中
つまらないことの淋しさ百日紅
寄らずある横顔の精緻に秋へ
教はつて家で聴く梨剝きながら

エアプランツの花

パジャマからパジャマに着替へ豆もやし
やさしくてうちの巣箱をえらぶ鳥
雲の間のくもりエアプランツの花
本籍地少しだけネモフィラが咲く
ペリカンは喉で愛する夏の雨

南風ゆたかに粘膜にぢかに
大人一人帰宅マンゴーは氷菓に熟れ
画面の君へ消毒液負けの手を振る
首都封鎖やぶるほどではない逢ひたさ
出てもいい　月を見にベランダへなら

愛

雨粒に光の憩ふ焼野かな

枇杷の葉や葉裏や春は幾度も来る

桜また来るから桜忘れていい

暮れ残る初夏のマスクの内の鼻
鯖缶や指の間に汗をかく
歴史に残る夏なのだらうたまに風
レインブーツで近くの都会へは行かう

家庭用プール干されて一軒家

思ひ出のための蕎麦屋のかき氷

切実に暇を過ごせば晩白柚

夫の背に乗り龍宮を目指す哉

トレビスちぎり今年の夏が思ひ出せず
夏以後を生きゐて恋のごと愛を
愛のごと秋なるバニラアイスクリーム
栗、林檎　ＬＩＮＥするとは愛すること

ほたるぶくろ

絵のほたるぶくろをむかし愛したり
あこがれのほたるぶくろとわかりけり
握りたきうつろはほたるぶくろかな
ひくき窓ひらきてすぐのほたるぶくろ
おとぎりさうほたるぶくろととなりあふ

待つてゐるほたるぶくろは肌のごと
ほたるぶくろ君に逢ふのを君がゆるす
見ましたかほたるぶくろのふたつの色
毛はほたるぶくろのもので触れておく
ほたるぶくろぼくたちのゆふがたはまだ

諒子

雪の今日諒子は私みたく可愛い
可愛い諒子雪に裕哉を呼び出しぬ
二人の好きなフライドポテト冬っぽく

黒服の三人鹿を分け合へる
諒子は言ふ幽霊烏賊が見たかつたと
扉を開けて我らは雪の一味として
枯野みち諒子は靴紐が結べない

池へ降り込むどの雪も手はつかへない

缶コーヒーへやみぎはの雪の透く

月の冬　諒子がくれて吸ふ煙草

星の冬　裕哉は棒を拾つて来る

君たちの冬　君たちは私のもの
冬花火まぼろしに見えまぼろしなり
諒子と別れ諒子のゐない小さな駅
また逢ふならば喋ることなどない冬だ

クグロフや生活を絵にしてほしい

菊は雪Ⅱ

旅の旅その又旅の秋の風　正岡子規

かの旅の汽笛のごとく今朝の秋

面白やどの橋からも秋の不二　正岡子規

不二知らぬ我らの恋や渡り鳥

風に色なし像に聴衆めく鳩ら

a seesaw game 昼飛ぶ星のありぬべし

手札見せ尽くして秋の胡蝶かな

蓮根の穴を洗ひぬ獺祭忌

真顔即豊麗線か暮の秋

身にうつす日毎の菊のふるまひを

湯にひらき茶の菊となる可愛さよ

菊一束書かむと思ひ忘れ得ず

逢はずともよし菊月の菊の日を

時雨へ傘二人はこれを初演とす

時雨に手つぎは私の手を描いて

チーズナンときに時雨は夢じみて

唐獅子の尾の湧き立てる時雨かな

マスクし給ひ君のすべては見えずなりぬ

綿虫やいばらの棘のしろがねに

黙は愛雪を思へば雪の意味

恥ぢらへる我に二の雪三の雪

さざなみの銀座に昼の日傾く
日のちらつきは風花の蕊として
除夜其方のパルフェを短きスプンにて
恒星其方ゐながらにしてあをく遠し

まちなみをたづねてまはる星のこゑ
星々に雪ふる空を授けたる
冬のみづひき惑星の夜と夜を結ぶ
ゆめにゆめかさねうちけし菊は雪

菊は雪　初出

＊「海の肌理」　　　「俳句」二〇一六年八月号　KADOKAWA
＊「学園東町」　　　「早稲田文学増刊　女性号」二〇一七年　早稲田文学会（「神戸市西区学園東町」より改題）
＊「うゐるす来」　　「俳句四季」二〇一九年五月号　東京四季出版
＊「伊勢丹奇譚」　　「文藝別冊　川上未映子」二〇一九年　河出書房新社
＊「エアプランツの花」「俳壇」二〇二〇年七月号　本阿弥書店
＊「ほたるぶくろ」　「翻車魚ウェブ」二〇二〇年六月号
＊「諒子」　　　　　「俳句四季」二〇二一年一月号　東京四季出版
＊「菊は雪II」一句目〜五句目　「移動祝祭商店街　まぼろし編」「その旅の旅の旅」　佐藤文香「逢瀬逢引」より　二〇二〇年十月　フェスティバル／トーキョー

その他、雑誌、Web等に発表した作品に未発表作品を加え、編集・再構成いたしました。

菊雪日記　参考文献

古川晴風編著『ギリシャ語辞典』第一版第五刷　一九八九年　大学書林
犬養廉校注『新潮日本古典集成〈新装版〉蜻蛉日記』二〇一七年　新潮社

佐藤文香　さとう・あやか

一九八五年生まれ。兵庫県神戸市、愛媛県松山市で育つ。一九九八年、夏井いつきによる俳句の授業をきっかけに句作を開始し、高校時代は俳句甲子園に出場した。早稲田大学第一文学部卒業。第二回芝不器男俳句新人賞対馬康子奨励賞、第一回円錐新鋭作品賞白桃賞受賞。池田澄子に師事。
「里」・「クプラス」を経て現在「鏡」・「翻車魚」にて俳句活動。アキヤマ香による漫画『ぼくらの17―ON!』全四巻の俳句協力や作詞、句集のプロデュースなども手がける。

句集　『海藻標本』（第十回宗左近俳句大賞受賞）
　　　『君に目があり見開かれ』
編著　『15歳の短歌・俳句・川柳②生と夢』
　　　『俳句を遊べ！』
　　　『天の川銀河発電所 Born after 1968 現代俳句ガイドブック』
共著　『セレクション俳人プラス 新撰21』など
オンデマンド詩集　『新しい音楽をおしえて』
恋愛掌篇集　『そんなことよりキスだった』

菊雪日記

佐藤文香

左右社

菊　は　雪

2021年6月30日　第1刷発行

著者　佐藤文香
発行者　小柳学
発行所　株式会社 左右社
東京都渋谷区千駄ヶ谷3丁目55-12　ヴィラパルテノンB1
TEL 03-5786-6030　FAX 03-5786-6032
http://www.sayusha.com

装幀　佐野裕哉
編集　筒井菜央
印刷所　創栄図書印刷株式会社

ISBN978-4-86528-036-4

菊雪日記

2020/12/1 今日から句集制作期間ということにした。タイトルだけ『菊は雪』と決まっている。午後、たまたま澄子さんが俳句同人誌「トイ」とお庭の黄菊の花束を持ってきてくださった。幸先がいい。
池田澄子の師は三橋敏雄。「トイ」の池田澄子エッセイに、敏雄は小さい包み紙を正方形に切って折鶴をつくるのがうまかった、とあった。私もよく折る。
今日は敏雄の忌日だ。「俳句は人に習うものではない。自己啓発あるのみ」という教えのこの系譜の末端に、私も連なりたい。

12/2 バスと電車を乗り継いでアルバイトに行く。昨日もらったのと同じ種類の菊が咲いている。菊、と思っていると、菊が見えてくる。

12/7 今「句集を読む」というゲームに必要なのは、攻略本の存在である。俳句を読む、句集を読む、というのは読者自身が主体的に“プレイ”することなので、自力でクリアできればそれがいいのだが、なにかを参考にしてプレイするのもまた、面白いのではないか。複雑なゲームをクリアできるのが、それと同じくらいのゲームをつくれる人だけ、というのでは惜しい。俳句では自句自解は野暮とされ避けるよう教わるが、それは作者が初学の段階での話だ。
この日記は攻略本とも受け取れるものになるかもしれない。自力でプレイしたい方は、ここから先をご覧いただかない方法もある。

12/9 来年早々小村雪岱展があることを知る。句集タイトルのもとになった作品〈香水瓶の菊は雪岱菊の頃〉の雪岱である。この句は去年、グラフィックデザイナーの佐野裕哉さんと「美と、美と、美。資生堂のスタイル展」に行き、雪岱について教わって書いた。今回の句集のデザインは、佐野さんにお願いする。
香水瓶の句。液体である香水を取り囲む瓶に描かれた菊を、リアルの菊の季節の空気が包むという構造。それはそれとして、「香水」は俳句では夏の季語だが「香水瓶」だと季節感は薄い、「菊」は秋の

季語だが瓶に描かれた菊の絵は季語にならない（とする人が多い）、「雪岱」は人名だから冬の季語の「雪」が含まれていても季語にならない。だからこの句の季語は厳密には「菊の頃」の「菊」だけで、しかし夏と冬の雰囲気も香るでしょう、という、季語と季節感に対するイロニーの表明である。

しかも、句集のタイトルとしては「雪岱」という名前を分割して『菊は雪』にしようとしているのだから出鱈目としか言いようがない。だいたい菊は雪ではないし、喩だとしても強引だ。だが、いかにも俳句風の漢字仮名交じりの5拍。普段俳句を読まない人は風情があるなと思うかもしれないし、俳句をやっている人には訝しまれるだろう。ともあれ、正式な表題作も書けるなら書いておきたい。

12/10　バイトに行く道の菊は、相変わらずよく咲いている。わりと新しい一軒家の壁を背に、小ぶりの黄菊の一群と、そのうしろに一段背の高い、大きめの白菊が10輪ほどある。

12/13　プロの料理が好きだ。

コックが食べる人を驚かせる方法は、新しい素材をつかう、新しい調理法を試す、新しい組み合わせを見つける、超絶美味、のどれか。別に食べるたびに驚かなくてもいい、そもそも食べることに驚きは必要ないという人もいるだろうが、私は料理で週に一度は驚かないと、幸せでない。俳句でも然り。

自分が料理でできることは、せいぜい初めての食材をつかうくらいだが、俳句では上記のすべてから都度選択することができる。


12/14　語彙の話をする。

作中の語彙の範囲は、その作家がどこから言葉を収集しているかと密接な関わりがある。近代俳句が好きな人は近代俳句によく出てくる語を自らの作品に用いることが多いし、植物や動物が好きな人はそういった季語の句が得意。私が作中用いるのは、高校までの学校の授業で得た語彙、和歌由来のもの、季語と日常語、あとは新興俳句、J-Pop・J-Rockや現代短歌あたりから取り入れた単語である。

私は一度聞いただけの言葉も平気で作中に用いる。独り言として唱えていたりもする。姿を知らず音に憧れていたバナメイエビは、存外普通の海老であった。

2008年に刊行した第一句集『海藻標本』における「白村江」や「李陵」、「後朝」あたりの語彙は、学校の授業で採集してあったものを

用いたにすぎない。しかし、当時の自分はそれをもって意味ありげな作家像を立ち上げようと背伸びをしていたとも思う。既にWeb等でご指摘いただいた通り、〈七月の防空壕にさいころが〉という句を句集末尾に置いたことは、端的に言って失敗である。挙句に配置する以上、あまり力の入ったものでないことが求められると思い、長音が連続する上に切れのない、それでいて思わせぶりなこの句にした記憶があるが、22歳の自分は「防空壕」の“意味”を明らかに甘く見ていた。

12/15　1冊に用いる語彙の範囲は、対象読者をどのあたりに想定するかとも関わる。できたばかりの『海藻標本』を当時の恋人のおばあさんにプレゼントしたら、「全然わからん」と言われた。それまでの人生で書籍というものを手に取る必要に迫られなかったその人に読んでもらうために、まず考えたのがルビを振ることだ。ルビさえあれば、辞書が引ける。そこで、第一句集の1年後に刊行されたアンソロジー『新撰21』の佐藤文香100句には、吐き気がするほどルビを振った。癌が見つかり余命3ヶ月と言われ、ほとんどその通りに死んでしまったそのおばあさんとは、2014年に刊行した第二句集『君に目があり見開かれ』の「敏子さん」である。
難読語にルビを施さないと読ませたい人に読まれないとすれば、用いる語彙の領域を限り、日常語に寄せることが必要となる。『海藻標本』以後『君に目があり見開かれ』までの期間は、切字や文語をつかわない現代仮名遣いの連作を書いてみたりしていたし、第二句集としてまとめる際も意図して実感の範囲に収まる言葉を用いた句を選んだ。しかし、ある程度の（難解な）語を用いるような作者でないということが、句や句集を評される際に技巧面に触れてもらえない原因にもなったという印象を受けた。恋が書きたくて恋を書いたのではなく、俳句が書きたいが適当な題材が恋愛しかない時期だったのも理解されにくかった。もっとも“レンアイ句集”などと銘打ったこちらに大きな原因があることは棚に上げようにも上げられない事実だが、俳句プロパーがそういった外向きの売り文句に惑わされるのかと失望したものだ。しかしまたその人たちの方も、自分向きの句集ではないと、佐藤文香に失望したのだろう。

12/18　小澤實さんが『名句の所以 近現代俳句をじっくり読む』や『池澤夏樹＝個人編集 日本文学全集29 近現代詩歌』執筆の際、友人からの指摘で俳句の現代語訳を必ずつけるようにした、とおっしゃったの

が心に残っている。紹介する作品の質を落とさず読者を増やす方法は、もうそれしかないと考えていたところであった。

私は第二句集で作品の質は落とさなかったつもりだが、用いる言葉の領域を限ったことで、自分の作家性は部分的に損ねたと思う。

『海藻標本』『君に目があり見開かれ』を自ら編集して学んだことは、多面体であるはずの作家の一面を切り出すことの功罪だった。句集という単位の作品をつくる上で、句を捨てる編集による効果を過信してはならない。

今回の第三句集に関していえば、用いる語の範囲が限定されているのは季語である。もともと様々な季語に取り組みたいと思っている方ではないこともあるが、句数に比して季語の種類はかなり少ない。これは編集による成果ではない。まぁ、今後季語を網羅的に研究する可能性もないとはいえない。

12/20　季語の話。
季語に対しての考え方はさまざまである。香水瓶の句の解説でも触れたが、季語に季節感がないものは認めない人、季語さえ入っていればよしとする人、季語がなくても俳句は俳句だという人など。私の最近の興味は、1.季語は入っていないが季節感はある句、2.季節以外の時間の幅を表現した句、である。
1.に関しては〈18時半日没近所なら裸眼の君〉や〈まだ歩かうと駅で告げ夜の30℃〉などのやり方を考えたが、この2句はたまたま不採用となった。2.については、夏という一定の期間やそれを細分化した「初夏」あるいは「芒種」などが季語として用いられることに対して、夏と秋、のようにふたつの季節を幅で指し示す句はあまりないことから、開拓可能な領域だと感じている。「夏に通つた道だ」は、夏以外の季節であることを言おうとしたものだ。

12/22　句会のための句が足りず、菊の句を書くことを試みる。念じる。

身にうつす日毎の菊のふるまひを
菊一束書かむと思ひ忘れ得ず
ゆめにゆめかさねうちけし菊は雪

の3句を得る。

3句目。夢想するなにかを、さらに次の夢想によって打ち消す。夢が湧き上がり続けることは、一見希望が絶えないことのようだが、

新しい夢に古い夢がいつも敗れるなら、もっとも新しいもの以外、すべての夢は死ぬ。奇術のごとく入れ替わる透明な景のうちに、菊は雪となり、雪もやがて消える。

句会では陽子さんが、「三橋先生がよろこびそうね」とおっしゃった。

遠山陽子も、三橋敏雄の弟子の一人だ。

この句を、句集末尾に置くことを決めた。

12/24　自分が書いた俳句そのものより、その俳句の意味内容が面白くならないように気をつけている。日本語の姿や音に意味内容が勝つのであれば、定型詩を書く必要はない。

12/25　『菊《きく》は雪《ゆき》』という句集タイトルなので、この日記を「菊雪日記《キクセツニツキ》」とした。
「キク」が、あたかも訓読みであるかのような顔をした音読みであるのが可愛い。

12/26　切字の話をする。いや切れの話か。口語・文語の話でもある。

『君に目があり見開かれ』には「や」が多い。私は通常書きたい内容のかたまりが17拍に満たない人間であるから、一部の例外を除いて、新しいものを書くことはふたつのものを組み合わせることであった。そこで欠かせないのが「や」である。「や」が入れば、取り合わせであることが一目瞭然だからだ。

私は特に上五で切るのが好きだった。5＋7・5のかたちだ。上五で切るのは七五調に傾倒しているとも考えられ、大学時代に少しだけ学んだ『新古今和歌集』の練れた「たをやめぶり」の影響だとすれば風流だ。もっとも、たまに短歌をつくるときは5・7＋5・7までできて、最後の7が「秋の夕暮」になってしまう。両親が萬葉集研究会で出会っているので、短歌といえば五七調、「ますらをぶり」と胎内教育されたのだろうか。

話を戻すと、「翻車魚」2号で柳元佑太さんに上五で切った句の多さを指摘されたとき、ふたつのものの組み合わせではない「一部の例外」こそを書かねばならないのではないかと疑うようになった。

以来、疑いながら書いている。念じている。

12/27　切字の話を続ける。
口語・文語という区別はわかりにくいので、最近の言葉（話し言葉／書き言葉）と文語（現在日常でつかわなくなった書き言葉。あとから文語文法と定められたものを指したいが、時代によってバリエ

ーションがあり、さらに俳句で文語と言われるものはかなり雑に括られている）に分けて話をする。

「や」や「かな」は体言につくことが多いので、最近の話し言葉や書き言葉で俳句をつくるときにもアクセサリーとして用いることがたやすい（この場合の「アクセサリー」とは「機械類の付属品」的な趣）。しかし活用のある語に接続する「けり」を機嫌よく用いるには、俳句でいわれる文語、以上の文語で書く必要がある。高校の古典で習った程度の文法知識しか持ち合わせていない自分はその範囲内でしか書けないというのも、残念なことにある種の作家性というべきだろうが、そこでの自在さということであればある程度保証できるので、なんちゃって文語ベースで書くのが分相応というものだ。一方最近の話し言葉にも書き言葉にも興味があり、内容や気分に応じてつかい分けたいと考えていて、それは着る服を選ぶことに似ている。

今回の句集は最近の言葉と文語とが交ざっているが、連作とはっきりわかるもの以外の作品の章立ては、まず用言や助動詞の文語らしさレベルによってざっくり分けるつもりである。次いで、体言の雰囲気で判断したい。


12/30 ふたたび季語の話。季語の虚構性について。

雪。東京はこの冬、まだ一度も降っていないが、私は既に幾度も作中に降らせている。虚を生きたような1年だったから、何らかの願望の表出といえるかもしれない。舞台装置としての季語。いや、主題とすることもできる。私の愛する雪月花。

句作。1週間前のことを除夜に書き換えるのはたやすいが、その効果やいかに。単なる状況設定では困る。

2021/1/3 仕事始とする。まずは、一軍の作品をすべて打ち出すところから。
一軍とは文芸誌、俳句総合誌などから依頼された原稿、同人誌の特別作品を指す。定期的に所属同人誌に載せている二軍もかなりある。一軍二軍というのは便宜上の呼称であり、出来の差ではない。どこにも寄稿しなかった三軍はすべてExcelに入っているので、それも印刷して、つかえそうなものを発掘する。

1/14 一軍の選をする。
バイト先へ行く途中の白い菊は、紫に変わってきた。

1/15　二軍の選までを終える。紙に打ち出して選んだ作品を、またExcelの新しいシートに打ち込んでいく作業。

1/16　仮名遣いの話をする。

歴史的仮名遣を選ぶか現代仮名遣いを選ぶかは、その作家の主義だともいわれる。仮名遣いによって表現したい雰囲気の質が変わるという意味で、作家性に影響するのはたしかだ。平仮名ひとつで見開きの景色が変わるのは面白い。私は表記された日本語が大好きだ。中学1年生で俳句を始めてから、間違いつつではあったが自然に歴史的仮名遣を採用しようとした私にとって、俳句を書くということは歴史的仮名遣で考えるということとほぼ等しい。自分の日常に別の思考用の線路を敷くのは愉快だ。さきにも述べた『君に目があり見開かれ』までの一部の期間は現代仮名遣いで俳句を書いていたが、このときの自分の不自然さは、宝塚歌劇団の男役がたまに劇中で割り当てられて女役を演じるがごとくであった。

またも対象読者の話。歴史的仮名遣を採用することは、多くの読者にとってとっつきにくいものを書く人になることでもある。なかには全て正字を用いるという俳句実作者もいて、そうなると俳句を普段読み慣れている私ですら読みにくいと感じることを思えば、歴史的仮名遣だから読むのは諦めるという人がいても何ら不思議はない。しかし。使用語彙をどこに設定するか、文語や歴史的仮名遣を採用するかどうかが読者層を決定づけるとして、仮に自分が芸術家であるなら、読者のために書く必要のないことなど自明である。あるいは仮に読者のために書くとしても、自分が書きたいものを真に歓ぶ読者を想定するならば、それはあのときの敏子さんではない。その苦しみに今、立ち向かうしかない。

自分が一番面白いと思うものを、できるだけ高く投げ上げる、それがすべてである。自分の作品の読者は、真上に投げ上げた作品が落ちる先、きっと、とても近くにいるはずだ。

1/17　東京宝塚劇場へ。宙組「アナスタシア」を観劇。同じ公演を筒井菜央さんも見ていたらしく、その流れでLINEをし、そのまま筒井さんの勤務先である左右社から句集を出すことに決まった。

筒井さんというのは、10年来の友人、太田ユリの本名である。オンライン上の短歌塾で出会い、俳句と短歌の同人誌をつくるなど一緒に活動してきた。2017年、私が若手俳句作家のアンソロジー『天の川銀河発電所 Born after 1968 現代俳句ガイドブック』の制作にあた

って左右社に通うことになり、Webサイトで所在地を調べたら求人が出ていたので、求職中だった彼女に連絡したら、すぐに面接を受けてあっさり働き出した。2019年以降左右社から刊行されている短詩型の書籍は、ほとんど彼女が担当している。

1/18　一軍、二軍の句をExcelに写し直す作業終了。ここまでで679句。

1/19　俳句の世界では、年長者が若手に対してしばしば「俳句をやめないで」と懇願するが、才能のある若い人がこのジャンルを通過してくれるだけでありがたいと、私は思う。書き続けないことを選ぶ人たちのおかげで、私はいつも初めてであるかのように考え、書くことができた。一度でも句座をともにしたすべての人に感謝している。作品と、その試みは残る。私は俳句を毎日やめ、毎日始める。

1/21　俳句には“ふまえる”ということがある。

第5回芝不器男俳句新人賞授賞式のシンポジウムのなかで、受賞者の生駒大祐は、俳句らしさを「参照性」と表現した。まさにそうだろう。定型や切字といった仕組みを物持ちよく愛してしまうのも参照性であるし、なによりその象徴が季語である。

3年程前、普段俳句を読まない友人に季語を説明する際、「＃《ハッシュタグ》つきの言葉」と表現してみた。クリックするだけで昔の俳句や和歌、現代の作品すべてと繋がることができ、その言葉だけ色が違って見えるのが季語、というわけだ。俳句を俳句として読めるというのは、そういう幻想のなかにいることであるともいえる。川柳との一番大きな違いかもしれない。読者を増やしたいなら、その幻想の解除につとめるという方法も、なくはない。

参照といえば、本歌取りやオマージュといった仕掛けが可能なのは俳句や短歌に限ったことではないが、こと短い俳句においてはその効果を最大限に引き出すことがよしとされ、その技に気がつくことができるのもまた俳句村の住人らしさである。

私も一応その村の村民ではあるのだが、いつまでたっても村の事情に詳しくなろうとせず、芭蕉や百人一首レベルに人口に膾炙したもの以外は、ほとんどオマージュの対象とすることができない。もっとも本歌取りとは元来、典拠とする作品が広く知られたものであることが条件なので、私が近代詩歌を読まず高校卒業レベルの教養しか持ち合わせていないのは、私の作品に村の集団語が用いられにくく、外にひらかれたものとなることに寄与しているといえるかもし

れない。まったく恥ずかしい話だ。

1/22　色が変わる菊、今さらながら、「うつろひ菊」と呼ぶと知る。
三軍の選が終わる。「文藝」2019年冬季号の特集「詩《うた》・ラップ・ことば」で試みたQR俳句と、「フェスティバル/トーキョー」の企画でつくった「逢瀬逢引」という穴埋め作品の扱いを悩んでいたが、文字を挿入したかたちにし、一句として立つもののみを採用することにした。

1/23　ふたつの季節を幅で表したり、3人の関係性を連作として書いたりするのは、新しい土地を見つけては開墾するようなもので、挑戦自体に歓びがある。
何のために俳句を書いているかと聞かれたら、俳句ができることの拡張のためだとこたえる。先人が既に耕したことのある土地だとしても、今自分が耕し直すことには意味があると思いたい。

1/24　唯一無二の文体で書き続けられれば定型詩の作家としては一流だが、私はすぐに自分らしさに飽きてしまうため、こまかい発明をし続けようとしている。もしかすると、作家というより発明家なのかもしれない。発明家という作家性も、あるといえばある。
句集のあり方も開発したい。楽しい仕事仲間とともに。

1/25　話し言葉の写生ということを考えている。
口語俳句と括られるものの多くが既にして一時代前の雰囲気を醸し出すようになってしまった現在、それとは別に、我々がしゃべる言葉をそのまま作品に転換する技はどうあるべきかということに興味がある。新しい概念やジャンクな語彙を取り入れるだけでなく、言い回しやその更新のありようを、いかにすればリアリティの伴うかたちで文字の作品にできるだろうか。
そういった視点から、方言に取り組むのは試したいことのひとつであった。鴇田智哉の第三句集『エレメンツ』には上総松丘の方言による作品が収録されており、さらに本人による音読音源をTwitter上で聴くことができて面白かった。
「学園東町」は、当時小学生だった私が神戸市郊外で話していた方言を再現しようとしたものであり完全な創作だが、川上未映子さんがイベントの折に音読してくださった際非常にリアルなものとして聞こえ、作者として嬉しかった。方言はアクセントが肝要なので、

今後方言による俳句作品を展開するなら、音源とテキスト、必要なら共通語訳も同時に公開するような仕事がしてみたい。

1/26　「編年体でいこうかと思ってるんだ」
「自己紹介が済んでいるのだから、ほぼ編年体でいいだろうね。いま人目に残る代表句というのが生まれにくいので、うまくそれを手渡せるといい」

1/27　検索すると、重ねの色目に「うつろひ菊」というのがあるようだ。紫の仲間と黄の仲間の2色で、『海藻標本』『君に目があり見開かれ』の装幀を止揚するかのようである。
藤原道綱母『蜻蛉日記』は女性による最初の日記文学といわれる。もっとも有名な段は「うつろひたる菊」。

嘆きつつひとり寝《ぬ》る夜の明くる間は
いかに久しきものとかは知る
と、例よりはひきつくろひて書きて、うつろひたる菊にさしたり。

3000句程度から1/3に減らし900句程度になったので、このあとここから2/3にして600句程度、というのがいいのではないかと思う。

1/28　バイトへ。「うつろひ菊」が切られていた。

2/9　新聞の取材を受ける。大学生記者に「なんで言葉が好きなんですか？」と聞かれる。
私は見ることと聞くことが好き。言葉は、見えるし聞こえる。

2/16　日比谷で『菊は雪』打ち合わせ。
ベースの作品に、見開き完結の連作を層として重ねるようなつくりにしたい。見開きの句数を決めてから配置して作品数を絞るために、まずはレイアウトを出してもらうことにした。四六判上製、可能なら函、販売価格3000円以内を予定。
佐野さんとは小村雪岱展にも行く。雪岱は挿絵もいいが装幀がとてもいい。以前二人で見た香水瓶「菊」もあった。

2/21　「女の子らしいのが嫌だ、舐められないようなものをつくりたい」
「それもまた女の子らしい発想なのでは」

2/22　版面案がきた。まずは見開き完結の連作用のレイアウト。章タイトルの位置とサイズ、見開き作品数、なりゆきor均等で、計20案。すべて打ち出し、まわりを切ってよいものを選んでいく。均等割付で見開き10句だと文字が散って見えるとか、下気味の8句だと堂々としすぎるとか、比較してわかることがある。

2/27　何度かオンラインで微妙なニュアンスについてやりとりし、レイアウトを決定。見開きで完結する作品（A）は見開き10句、ベースの作品（B）は見開き8句。イレギュラーなもの（C）は別でデザインをお願いすることにした。現代性・可読性を考えるとなりゆきで、古典らしさ・見開きのデザインでいうと均等割付、と思っていたが、均等かつ読みやすいよう細かく文字間を調整してもらった。

レイアウトが決まったので、ようやく前から句を並べていく。まずは2014年後半から2015年。175句をミニ短冊にし、一覧できるように傾向ごとにテーブルに並べ、さらに季節順にする。そこから選んで見開きの句数でブロックをつくって並べていき、小さいかたまりができたところでA5の紙を半分に折ったものを本と見立てて糊で貼って、ホチキスで留めていく。

2015年の目玉は、角川俳句賞の候補になった50句「鰺」。削らずそのまま収録しようかと思ったが、見開きの読み味の調整で39句まで減らした。ほかの連作としてつくったものも解体するなどし、季節の進行がなめらかになるように組み直した。

2/28　年ごとの構成を繰り返す。小見出しを並べて仮の目次をつくったら、まとまりのなさに慄く。平仮名、片仮名、漢字。英単語の流入、混種語。日本語らしい、とはいえるが。

2/31　一通り並べ終わって、673句・194ページ。筒井さんから大きな章を立てるよう言われ、とりあえず年で区切ることに。2016年と2017年は合わせて1章とすることにした。

2020年中に書いて2021年刊の雑誌等に発表となったものまでは最終章に含めたが、2021年に書いた作品については、句集はじめに入れることに決める。池田澄子曰く、「代表作は最新作」。

ここまでの日記を読んだ佐野さんより、モチーフとして折鶴はどうかという提案。それなら一句くらい書こう。俳句で折鶴といえば、赤尾兜子の〈帰り花鶴折るうちに折り殺す〉。平和でないのがいい。

3/2　句作。

書きて折りて鶴の腑として渡したし

目的語省略俳句。念じて書くときは、一物仕立てになりやすい。

3/3　前から読み直して、無駄な句を削っていく作業。作品部分だけで188ページ。落とした句も復活があるかもしれないので、台紙から外した短冊は年別に小袋に分けて保存。

3/4　言葉遊びが好きだ。

これまでも杜甫の詩「春望」の「山河」を「三階」に捩ったり、「夜遊び」と「水遊び」を重ねて喩を構成したり、「くさりからくさりかいして」のように切る位置で句意が変わるものを書いたりしてきた。言葉遊びは私にとって、いわばライフワークである。この句集の最後の一句〈ゆめにゆめかさねうちけし菊は雪〉も、副詞「ゆめゆめ」から生まれたものだ。

この句のあとで書いた〈寒菊の息に主根と側根あり〉は、「息の根」という言葉を分解し、菊は双子葉類であるから菊に息の根があればそれはひげ根ではなく主根と側根だろうと遊んで見せた句だが、思ったほど抒情が滲まず、機知が勝つので句集には不採用とした。


3/5　定型の話。

俳句といえば5拍7拍5拍、その力の及ぶ範囲の破調は許容、というのが私の理解で、それをどう外すかも含めて考え句作している。

今回は、定型を外した句を編集によって多めに落とした。リズムに関して、一冊の暴れ馬感を減らすことは、単に洗練に繋がるだけでなく、俳句を書き始めた時分の純粋な歓喜を思い出すこととともなった。


3/6　ある方に読んでいただくことを夢想し、途端に恥ずかしくなる。

編年体にして生活の一部を私小説的に含めることでリーダブルなものにしようという意図があったが、それは必要なくなった。2020年に緊急事態宣言下で書いた作品も意味が強すぎる。〈誘蛾灯がんばるとまた淋しくなる〉〈速く走る今の自分を助けに行く〉など。

めずらしく自分が言葉の“意味”に救われたいという気持ちがあったのかもしれない。これらは採用しないことにした。

3/7　2日間家にこもって原稿をまとめた。現時点で546句。

「わかりやすい素材をありがとうございます」と言われて気づいた。

私は一冊の本という作品のなかの、文字素材をつくったのだ。

チームでつくる一冊に、自分が持参可能なのは言葉だけである。


3/9　資材案、3パターン見積もりへ。それぞれ四六版に加えてA5版も。

背継になれば『富澤赤黄男全句集』へのオマージュとなるだろうか。

赤黄男の『雄鶏日記＊他』は別冊だったが、この本は両開きになり、この日記は裏表紙側から始まるらしい。楽しみ。


3/12　固有名詞が好きだ。地名・人名など、一般化できない言葉のいとおしさ。

「諒子」は良子に代替可能だし、もっと言えば紗由美やエリ花になってもいいはずだが、やはりここで大事なのはごんべんに京という字を含む見た目や、この字をリョーコと読むことで、あろうことかこの字の諒子が、靴紐が結べないことの切なさである。

「総国」という作品群は、第1回円錐新鋭俳句賞白桃賞を受賞したものの、信頼する俳句の先輩である髙山れおなさんに見てもらったところ厳しいコメントをいただいたので、人生の里程標として一部のみ収録することにした。

2017年2月、それまで本名だった佐藤文香を望んで筆名に変えた。その少し前に千葉県柏市に住む人の家に転がり込んだのだが、その人はあまりに忙しく、慣れない土地の日光の入らない部屋で独り過ごす心細い日々だった。つらさを作品化する力は湧かなかった。

3/15　花屋に「アナスタシア」という名前の菊があった。Wikipediaによると、原義はギリシア語で「目覚めた／復活した女」らしい。

3/18　俳句部分の初稿を、まずはデータでもらう。

毎度右ページ始まりになるため、一呼吸置くためにたびたび挟んでいた左の白ページに関して、書籍ではあまり見られないことだと指摘が入る。以前も別の仕事で言われたことだが、実感がなく忘れていた。句を加えるのと、なにかデザインしてもらうのとどちらがよいか。一度落とした作品を復活させ、左ページに句が何句かはみ出すパターンもつくる。

筒井さんより、一句目を目次扉にあたるページに配置してはどうかとの提案。よい。

3/20　帯文の依頼状を書く。「私は自分から湧き上がる思いを伝える手段として日本語を用いるのではなく、この身をよぎる題材に応じて日本語をいかに運動させるかというところに興味があり、思いつく限りのパターンをまとめたのが、この『菊は雪』です」

3/21　「線描とかが好き」

「写真も好きだよね」

「要素が少ないもの、物語でないものがいい」

「あなたの俳句は物語を待ってるようなかんじがするけど」

「……本当は、あまりにも自分の中身が物語で、外から取り入れる余地がないのかもしれない」


3/22　２日連続で日記作業。

今まで、伝えたいことがないから俳句を書いてるんです、と言ってきた。が、もしかすると、あまりにも思うことが多すぎて、伝えるのを放棄してきただけなのではないか。たびたび例外的に念じて書いた作品こそ、そこから逃げなかったものなのではないか。

いやしかし、私は、私などより言葉が好きだ。自分のやりたいことの本筋は、「日本語をいかに運動させるか」だったはずだ。助詞が、仮名が、音韻が、一句でどう活躍するか、だ。

では、自分を愛せたとしたら？　疑いながら我が身から絞り出してきた意味内容を、日本語の姿や音くらい愛していいのだとしたら？


3/23　作品ページの調整を続ける。左白にはなにかあしらってもらうことにして、イレギュラーなレイアウトであるCの一句立てを解消し、Bのベース作品に交ぜていくことに。考えるほどに奇抜さが失われるのは世の常である。「紫の花」の句だけ横書きで残る。

一旦解体していた連作「海の肌理」を見開きに戻して立てる。

漢字1文字の小見出しを変更するも、結局ほとんど元に戻す。まとまりはないが、好きなものばかりなのでいいことにする。


3/24　見積もりが出る。半透明のケースは思ったより高いので断念。

自分のなかで大きいものがいいという気持ちが強まり、判型をA5にしてもらえるよう申し出ることにした。レイアウトをやり直してもらわねばならないので申し訳ないが、前の句集がハンディだったので、今回は堂々とした雰囲気が出るといい。

作品ページ、校正に出す前の最後の修正。作品は年別にしているが、

制作年以外の作品が交ざっている箇所も少しある。

3/27　古書店で攝津幸彦句集『陸々集』(弘栄堂書店)を発見。仁平勝による別冊『『陸々集』を読むための現代俳句入門』もセット。1992年刊。この日記を書き始めるときに、句集を読む際の攻略本のようなものになるだろうと書いたが、先に思いついている人がいるものだ。

> 俳句を書く側にとって何よりも嬉しく思うことのひとつに、書かれた作品が自分の思い通りに読み手の感性の回路にすっぽりと嵌るということがある。(中略)仁平勝との長い付き合いの中には、そういう機会が時折あって、思わず袂を取り合って談笑に耽るのであった。
>
> ——『陸々集』「あとがき」より

『陸々集』と本書の大きな違いは、この日記を私自身が書いていることにある。もしかすると自分は今、佐藤文香のたった一人の親友としてこれを書いているのかもしれない。

3/30　左右社で初稿ゲラをもらう。A5変形に変更してもらったので、印刷してまわりを切り、糊で貼り付けて文字位置を確認。よい。

4/1　帯文は残念ながらお断りのご連絡をいただいたが、尊敬する方に励ましていただけたので悔いはない。推薦文などはナシでいく。

4/11　日記のフォーマットが出た。この時点で18ページは多すぎるので修正。筒井さんから後ろにも別丁扉の案。

4/20　「我らの双子、菊子と雪子の物語でも書くか」
「菊子はボディビルダー。雪子は考えていいよ」
「雪子は硯職人。趣味は糠漬け。石が好き」
「菊子の趣味は家庭菜園。んで雪子が糠漬ける」
「菊子はロングヘア、雪子がボブ」
「雪子は自信家、菊子は自信のなさを補うためにボディビルをはじめた」

4/22　バイトへ。「うつろひ菊」があったところに、薔薇が咲いていた。佐野さんより、好きな西洋画をプリンタで打ち出しそれで鶴を折るよう指令があり、試しにクールベとコローの鶴を持参する。それを

撮影して白ページに入れる案。

4/25 日本語学を研究している友人および配偶者による指摘を受け、日記の修正。自分の浅はかさに嫌気がさすが、出版前に指摘してくれる人がいるのはありがたいこと。

4/29 「菊は雪」の英題を考える。Language Exchange 相手の Fred が提案してくれた "Chrysanthemums Like Snow" に決定。思い切って喩の側面を明るみに出した。英語には英語なりの愛おしさがある。

Kiku-chan said to Yuki-chan, "I like you and I'm like you".

5/4 一日かけて作品の直し。校正者さんからの、仮名遣いや季語への細かい指摘がありがたい。「エアプランツの花」を初出どおり見開きに戻す。ルビの方針を決める。Cの横書きレイアウト案を捨てきれず、結局2句足して白ページに挿入。発想や語彙面で重複が目立つ句については改作、または差し替え。星の句が多い。
作品数は550句となった。『海藻標本』は189句、『君に目があり見開かれ』は161句。

5/11 西洋画の折鶴が写真にうまく写らないとのこと、次なる鶴を折って佐野さんに渡しに行く。白と金の色紙の鶴、赤を入れたゲラの鶴。

5/13 装幀ラフ。ベージュ案と最後まで迷ったが、筒井さんと相談し、著者が女性でなくても提案されるであろうグレーを選んだ。言うことなし。ついでに帯文の手入れ、引用文中の句読点を抜くなど。一句目、序句に見えなくもないが、提案どおり小さめのフォントで。

5/15 初出情報と参考文献を揃え、プロフィールを整える。

5/18 日記が校正から戻ったので修正。いよいよ、夢の日々が終わる。
これまで、我が身を取り巻くすべてに励まされた。動植物、飲食店、宝塚歌劇団、友人の言葉や作品、仕事仲間の二人。そして、芸術とユーモアを解し、私に必要な学びの機会を与えてくれてきた、両親と配偶者に感謝している。ありがとう。

私はこれからも、日本語と詩を愛する、私みたいなあなたと、ともにありたい。